Coordinador de la colección: Daniel Goldin
Diseño: Arroyo+Cerda
Diseño de portada: Joaquín Sierra
Dirección artística: Rebeca Cerda

A *la orilla del viento...*

Pepe y *la* ARMADURA

Primera edición: 1994

D.R. © 1994, FONDO DE CULTURA ECONÓMICA, S.A. DE C.V.
Av. Picacho Ajusco 227; México, 14200, D.F.

ISBN 968-16-4465-4
Impreso en México

JUAN MUÑOZ

ilustraciones de
Damián Ortega

FONDO DE CULTURA
ECONÓMICA

La tienda amarilla

❖ SE HALLABA la tienda en el Rastro, en la Ribera de Curtidores, allá por la calle del Carnero. Estaba pintada de amarillo y encima había un reloj que siempre marcaba la misma hora.

Por eso la tienda se llamaba

> **EL RELOJ PARADO**
> **ANTIGÜEDADES**
> **Casa fundada en 1805**

Entrabas allí y te parecía todo parado. Los cuadros, los libros amarillentos, las figuras de bronce, el arpa. Entre los objetos había enormes telarañas que los hacían más antiguos. Allá, al fondo, asomó don Ibrahim con su barba blanca y su pipa, que echaba humo como un volcán. Entró el muchacho y no abrió la boca. Tantas cosas mudas y quietas no invitaban mucho a hablar.

—¿Qué quieres, muchacho? —preguntó el viejo.

Pero el chico no se atrevió a despegar los labios. Una mujer

salió de las inmensidades oscuras de la tienda. Era doña Raquel. Le extrañaba que un niño entrara en una tienda de antigüedades. Claro que alguna vez llegaba algún chico a vender algo robado sabe Dios dónde: un reloj de oro, una medalla, una moneda.

—¿Vienes a vender algo?

—No.

—¿Entonces?

—Vengo buscando algo.

—¿Buscando?

—Sí. Dicen que en el Rastro se encuentra de todo. Una vez encontré una bota de Napoleón.

—¿Y qué quieres ahora?

El muchacho no sabía cómo empezar.

—Quiero encontrar el número áureo.

—¿El número áureo?

—Sí.

—¿Quién te lo ha pedido?

—Mi abuelo.

—¿Tu abuelo? ¿Y para qué lo quiere?

—Para un crucigrama.

—¿Un crucigrama?

—Sí. Es la última palabra que le falta. Es dificilísima.

—¿El número áureo? Es la primera vez que lo oigo.

El viejo se quedó pensativo mirándose la punta de las zapatillas. Doña Raquel le gritó:

—Mira ahí, Ibrahim, en el *Libro de las Tinieblas*.

Don Ibrahim arrastró los pies y se acercó a un montón de libros mohosos. Abrió el más viejo y comenzó a pasar las hojas.

—¿Y dónde miro?

—Mira en la "A".

—¿En la "A"?

—En la A de "antiguo". Ese número raro me suena a cosa antigua, por lo menos a chino.

—Entonces miro en la "CH".

El viejo miró en la "CH". Chi, chi, chi, chimenea, chicharra, chino. En chino no había nada. Además don Ibrahim no sabía chino y no entendió ni *mu*. Páginas y páginas no ponían más que garabatos como éstos:

—Pregunta a Gervasia, Ibrahim —dijo doña Raquel, mientras pasaba el plumero por el piano de cola. ❖

Gervasia

❖ Don Ibrahim sacó una llave de la faltriquera y ris, ris, ris, dio cuerda a una armadura que estaba en una vitrina. En un cartelito ponía:

> GERVASIA: **Armadura de samurai del siglo VIII a. C.**
> **Dinastía Kin**

Nada más terminar de dar cuerda, la armadura salió de la vitrina, dio las buenas tardes y echó a andar con paso automático hacia las profundidades de la tienda.

—¿Dónde va ahora? —preguntó malhumorado don Ibrahim

—A hacer el té de las cinco —replicó doña Raquel.

—¿El té de las cinco?

Tam, tam, tam, tam, un reloj que estaba parado dio las cinco en punto.

—¡Atiza, es verdad, si ya son las cinco!

Gervasia volvió enseguida. Traía puesto un delantal de cocina

GERVASIA:
ARMADURA SAMURAI

y llevaba en sus manos una bandeja de plata con unas jarras humeantes. La armadura puso un mantel sobre la mesa y colocó tres tazas.

—¿Con leche o con limón? —preguntó al chico.

Pepe, que así se llamaba el muchacho, estaba con la boca abierta. Debía estar soñando.

—Con Coca Cola —respondió el muchacho.

La armadura fue a la nevera y trajo una Coca Cola.

—¡Té con Coca Cola! ¡Es la primera vez que lo he visto! —rezongó la armadura.

Luego hizo otra reverencia y se dirigió al viejo.

—¿Más galletas, don Ibrahim?

—No, ya tengo bastantes.

—Ande, don Ibrahim, que son de coco y le gustan.

Don Ibrahim apretó, fastidiado, los puños.

—¡Qué pesada es esta armadura, no se le puede dar cuerda! Anda, Raquel, mándale a limpiar el suelo, que nos deje en paz.

La armadura no tuvo que oírlo dos veces. Hizo una reverencia y salió al trote en dirección a la cocina. Al rato vino con la cubeta. Cogió el mechudo y empezó a limpiar el suelo de la tienda.

—¡Gervasia! —exclamó don Ibrahim abriendo el libro.

—¿Señor?

—Deja de limpiar y busca el número áureo.

—¿El número qué?

—El número áureo.

—¿Y por qué no lo busca usted? Yo tengo que hacer todo: flegal, ponel el té, milal el numelito áuleo.

Doña Raquel, enfadada, sacudió la armadura con el plumero.

—¡Calla! Tu señor no sabe chino y tú sí. ❖

El número áureo

❖ LA ARMADURA agachó las orejas, dejó el mechudo, se puso las gafas y buscó la "CH" que venía toda en chino.

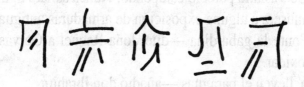

—No está el númelo, señol. ¿Puedo milal en la "G"?

—¿En la "G"?

—Sí, en la G de "griegos". Los griegos elan muy listos. A lo mejol el númelo lo inventó Pitágolas, ése de la tabla de multiplical.

—Busca, busca, es verdad.

La armadura buscó en la palabra "griego" y a la media hora encontró algo.

εl νυμεlο αυρεο εσ φ

La armadura no se enteró de nada, pero consultó el diccionario griego y tradujo: "El número áureo es FI".

—Ya está —gritó la armadura—: el número áureo es "FI".

El muchacho se quedó embobado:

—¿De verdad?

—De verdad.

Pepe lo apuntó en un papel y empezó a dar saltos.

—¡Me voy a casa! Se lo diré a mi abuelo.

—Está lloviendo y es de noche —observó don Ibrahim—. Que te acompañe Gervasia.

A Gervasia le pareció estupendo. Nunca salía. Alguna vez sólo a algún museo, a alguna exposición de armaduras antiguas.

—Ponte la gabardina —dijo doña Raquel a Gervasia—, no te vayas a oxidar.

—Y lleven el paraguas —añadió don Ibrahim.

Pepe se despidió de don Ibrahim y de doña Raquel y salió pitando agarrado de la mano de Gervasia.

—Tomen un taxi —dijo doña Raquel poniendo en la mano de Gervasia quinientas pesetas.

Enseguida llegó el taxi. El taxista bajó a colocar la armadura en la canastilla.

—No, no; se va a mojar —gritó Pepe.

El taxista alzó los hombros.

—¿Dónde la guardo? ¿En el maletero?

—No. Aquí en el asiento. ❖

El taxista

❖ EL TAXISTA abrió la puerta y dejó la armadura en el asiento delantero junto al del conductor.

—Así está bien.

Pepe se sentó detrás y el taxista echó a andar y preguntó:

—¿Adónde?

—A casa —dijo la armadura.

Aquella extraña voz hueca hizo volver la cara al taxista.

—¿Qué dices, muchacho?

Pepe tuvo que disimular. Ahuecó la voz y dijo:

—A la calle Sombrerete.

—Eso está ahí al lado. ¡Vaya un viaje! —protestó el taxista.

—Pues te aguantas —replicó la armadura.

El taxista volvió a mirar atrás, extrañado de aquella voz.

—¡Vaya voz que tienes, muchacho!

—Peor la tienes tú —dijo la armadura.

En un momento el taxista llegó a la plaza de Cascorro.

—¿Quién es ése? —preguntó la armadura.

—Cascorro. ¿No lo sabes, muchacho?

—Tú sí que sabes —replicó la armadura—. Nos llevas por Cascorro en vez de ir por la calle de Mira el Sol para cobrar el doble.

El taxista se calló y no volvió a hablar, apretó el acelerador y llegó ante el asilo de las Cigarreras.

—Son doscientas sesenta.

—Pero si el taxímetro sólo marca doscientas —protestó la armadura.

—Las sesenta son por este trasto que llevas, muchacho, que pesa lo suyo. Además huele mal.

—Peor hueles tú —estalló llena de rabia la armadura.

El taxista se quedó helado. Y más cuando la armadura se bajó del coche, sacó doscientas pesetas del bolsillo y dijo:

—Toma, con esto vas que chutas.

La armadura entró en el vestíbulo y el taxista se quedó patidifuso en medio de la calle viendo cómo aquel trasto entraba en el ascensor y volaba con Pepe a las alturas. El taxista se frotó los ojos. ¡Debía estar soñando! ❖

La armadura

❖ A TODO esto el abuelo estaba en la buhardilla rodeado de un montón de libros. La abuela llegó cantando por el pasillo y se sentó en un rincón. Traía una cesta de cebollas y se puso a picarlas junto al abuelo. Al rato el abuelo sintió un picorcillo en los ojos y se puso a llorar.

—¿Por qué lloras, Rosendo?

—Debe ser por este maldito crucigrama.

—¿Por eso llorar? Mándalo a freír espárragos.

—¿Ahora que me falta sólo una palabra?

—¿Y no la encuentras?

—No, Rosaura.

—¡Qué bobada! Yo sé miles. Pon silla, mesa, puerta, armario, y se acabó.

El abuelo se hartó y la mandó a paseo. En ese momento apareció Pepe trayendo a cuestas la armadura, que se había torcido un pie al salir del ascensor. Pepe dejó la armadura en una silla.

—¿De dónde vienes?

—Del Rastro.

—Ya se ve. ¿Y qué traes?

—Una armadura.

—¡Dios mío, qué sucia está! La has robado, ¿verdad?

—Me la prestaron.

—¿Y el colegio? ¿Has ido al colegio? —le preguntó el abuelo.

—Hoy me escapé.

—Se lo diré a tu padre.

La abuela regañó al abuelo:

—¡Tú qué vas a decir! Si su padre se entera de que se fue de pinta le pegará.

—Que le pegue. Yo le voy a pegar por traerse trastos del Rastro. ¿Cuánto te costó?

—Nada. Me lo prestaron.

La abuela abrazó al nieto y fue por carbonato a la cocina para limpiar aquel armatoste. Mientras venía lo iba regañando.

—Estás loco, Pepe. El otro día trajiste una guitarra vieja; otro, un casco de soldado; otro, la bota de Napoleón. ¿Vas a hacer un museo?

Pepe se partía de risa. La abuela quería quitar el casco de la armadura para limpiarlo y la armadura no se dejaba.

—¡Ay! —gritó la armadura.

La abuela se dio un susto tremendo.

—Pero si gritó. ¿No la han oído?

—Ha sido la tele —dijo el abuelo.

—¿La tele? Pero si está apagada.

—¡Tonterías!

—¿Tonterías? ¡Me mordió, mira!

El abuelo se levantó preocupado.

—A lo mejor dentro hay una serpiente, una ratonera.

—Oiga, yo no tengo ratones dentro —protestó la armadura. ❖

La aldondiguilla

❖ LA ABUELA se quedó de piedra.

—¿Oíste, Rosendo?

Don Rosendo se quedó también de piedra.

—Es un robot. Está muy bien hecho, debe ser alemán.

—No soy robot. Además no soy alemán. Soy chino.

—Y yo japonés —rió el abuelo, encantado.

La armadura se sentó enfurruñada en un rincón y la abuela fue a desenfurruñarla con una vocecita muy dulce.

—Ande, por favor, señor, levántese y cene con nosotros.

El abuelo se carcajeaba. Si no fuera porque aún no había terminado el dichoso crucigrama, se hubiera revolcado de risa por el suelo. Pero paró de reírse cuando vio que la armadura se levantaba de la silla y decía:

—Bueno, tengo mucha hambre. Desde que merendé no he comido ni una galleta. ¿Qué hay de cena?

—Hay aldondiguillas.

—Se dice alhondiguillas —exclamó Pepe.

—Almondiguillas —corrigió el abuelo.

—Se dice albondiguillas —terció la armadura.

El abuelo muy enfadado recogió un diccionario que tenía en el suelo y miró la palabra almondiguilla. Todos contenían la respiración. ¡Al final allí estaba! El abuelo dio un salto de alegría.

—"Almondiguilla", aquí está. ¡Yo gané!

Todos bajaron la cabeza. La armadura preguntó:

—¡Bueno! ¿Y qué es una almondiguilla?

El abuelo miró la palabra y se quedó helado. El diccionario decía: "Almondiguilla": véase "albondiguilla". La armadura dio otros cuantos saltos para hacer rabiar al abuelo.

—¿No lo ve? Albondiguilla. Eso viene del árabe, que quiere decir la avellanilla.

El abuelo se quedó turulato. Entonces Pepe, al que le picaba la nariz y no tenía pañuelo, comenzó a rascarse, cosa que nunca debe hacerse, y la abuela le sacudió cariñosamente la mano con el espantamoscas.

—No hagas almondiguillas, Pepe. Está muy feo.

Pepe se puso coloradísimo, pero en ese momento el abuelo se puso verde, azul y amarillísimo y empezó a dar saltos de muchísima risa mirando el diccionario.

—¿Qué pasa? —preguntó la abuela—. ¿Qué dice ahora el dicci?

—Dice "Albondiguilla": véase "almondiguilla".

—No acabaremos nunca —chilló la abuela.

La armadura también echaba humo de risa y al final Pepe terminó dando saltos en el sofá porque nunca había visto a los abuelos tan contentos. Pero aquello tenía que acabar porque se acababa el capítulo y la armadura, que tenía cada vez más hambre, preguntó:

—¡Bueno, ¿y de qué está hecha una albondiguilla?!

Todos se quedaron blancos. Todos, menos la abuela, que había hecho dos millones de aldondiguillas en su vida, pues era cocinera en un restaurante. ❖

Las cocletas

❖ LA ABUELA, como el diccionario no decía nada, se sintió muy importante y se fue a la cocina. Todos la siguieron, hasta el abuelo que se había puesto el oxígeno y jalaba un tubo de plástico desde el tanque del oxígeno a lo largo del pasillo. La abuela señaló una "aldondiguilla" que había quedado para el gato sobre la mesa de la cocina.

—Miren, se hace con carne picada y ralladura de pan, con huevos batidos, con especias y luego ¡al puchero! ¡Ay, que se me queman!

La abuela retiró la cacerola y salieron las aldondiguillas muy doraditas. La armadura comenzó a lamentarse.

—¿Qué le pasa?

—Que yo no puedo comerlas, ¡con tantas especias!

—¿Por qué?

—Tengo úlcera de duodeno y no puedo.

—Yo también —dijo la abuela.

—Pues tome "tigulatis"; es estupendo.

—Ya lo tomo. Pero ahora en este tiempo qué punzaditas, ¿verdad?

La abuela comenzó a reírse y dijo:

—El gato no tiene úlcera de duodeno, se comerá las que sobren, no se preocupe.

—Sí, y usted y yo ¿qué cenaremos?, ¿leche y galletas? Estoy harto de beber leche. Todos los días me bebo una vaca —rió la armadura.

La abuela se acercó a la estufa, abrió la tapa de un pucherete que había junto a las aldóndigas y dijo triunfalmente.

—Tengo también concretas.

—Se dice cloquetas —corrigió el abuelo.

—Se dice cocretas —exclamó Pepe.

—No, no. Se dice croquetas.

—¿Por qué? —preguntó Pepe, que estaba harto de tanta discusión—, ¿qué sabes tú?

—Porque viene del francés, de *croquer*, que quiere decir crujir. Crujir entre los dientes, croc, croc, croc, croc.

—¡Qué cosas dice esta armadura! ¡Qué lista es!

La armadura se puso colorada y dijo:

—Yo no sé nada. Sólo es que allí, en la tienda de don Ibrahim se aburre uno mucho y me lo paso a todo dar leyendo librotes y más librotes.

—Eso debías hacer tú, Pepe, como hace también tu abuelo —añadió doña Rosaura.

—Sí, pero el abuelo después de tanto leer dice cloquetas —se burló Pepe.

—Es que soy chino —rió el abuelo, que de risa casi se cae en la sartén.

La armadura se reía más, tanto que tuvo que sentarse en una silla.

—¿Qué le pasa?

—Sucede que la china soy yo y yo plonuncio pelfetamente "croqueta".

La abuela puso la mesa y todos se hincharon a comer croquetas y albondiguillas sin preocuparse si se escribían con hache, con be o con uve, porque estaban estupendas. ❖

El concurso

❖ POR LA noche salió el concurso. Apareció el anuncio de los calcetines "Las Flores, sin tomates y sin olores" y apareció Tito Palote con el dichoso concurso. Habían llegado cien mil crucigramas y ni uno bien. Mejor dicho, todos bien, pero faltaba por rellenar la casilla central. Pocos la habían rellenado.

El abuelo también lo había mandado y en la casilla central había pintado una vaca. La vecina de abajo había pintado un tenedor, por poner algo. El zapatero, una bota. El carnicero, un hacha. Todo tonterías porque el número áureo no era ése. Había sietes, nueves, unos. Un señor de Bilbao había puesto un millón y otro de Cuenca mil millones.

Entonces Tito Palote salió otra vez en la tele en nombre de calcetines "Las Flores" y dio un ultimátum.

—Queridos espectadores, el que sepa el número áureo y haya mandado su crucigrama a Antena Comercial que llame por teléfono y lo diga; queda un minuto.

En la pantalla apareció un calcetín Las Flores que despedía un vaporcillo delicioso. Las habitaciones de la ciudad olían de maravilla y con el concurso todas las calles se quedaron paralizadas. Todos miraban al calcetín y el calcetín hacía un propagandón tremendo y eso se vio al día siguiente porque todo el mundo llevaba calcetines Las Flores.

Pero dejemos eso y volvamos al minuto fatídico. Sonó un gong y toda la ciudad se quedó sin respiración. Entonces fue cuando la armadura dio un golpecito en la espalda al abuelo que se estaba comiendo medio respaldo de la silla de nervioso que estaba y dijo:

—Ahora vamos nosotros, abuelo.

El abuelo se comió el respaldo entero. La abuela dos trapos de cocina.

—¿Qué dices? —preguntó asombrado el abuelo.

La armadura no dijo nada. Había un teléfono en la pantalla, el 79 86 56, y media ciudad llamaba en ese instante para ver si acertaba por casualidad. La línea echaba humo. Pero lo primero que salió fue la llamada de la armadura.

—¿Quién es? —preguntó el locutor.

—Soy don Rosendo —dijo la armadura, haciéndose pasar por el abuelo.

—¿Desde dónde llama? ¿Desde una tinaja? —preguntó el locutor al escuchar aquella voz cavernosa.

—Desde la calle Sombrerete diecisiete.

—Muy bien. ¿Cuál es el número áureo?

—El número "FI" —exclamó la armadura.

—¿Ha dicho "FI"?

—Sí.

—¿"FI" de fideo?

—Sí.

—¿"FI" de filete?

—Sí.

—¿"FI" de filisteo?

—Sí.

—¿"FI" de Filipinas?

—Síííííí —gritó la armadura.

—Pues agárrese a una esquina que ha ganado la cocina marca La Gallina.

Al abuelo casi le da un ataque.

—¿Qué le parece? —le preguntó el locutor.

—Que me mareo —dijo el abuelo poniendo el oxígeno a toda máquina, pues se ahogaba.

—Calma, no se desmaye. ¿Cuántos años tiene usted? Parece muy joven.

—Ochenta y cinco —replicó la armadura imitando la voz del abuelo.

—Pinto, pinto es usted un pájaro pinto que llegará a los ciento veinticinco.

La abuela se frotaba los ojos.

—¿Y qué ha ganado? —preguntó temblorosa.

—¡Una cocina marca La Gallina!

—¿Con sartén y todo?

—Con sartén, con refrigerador, con lavadora marca Coliflora, con extractor marca El Tiburón; lavavajillas, marca Maravilla.

—¡Caracoles!

—Caracoles como soles y agárrese: ¡un viaje a las islas Girasoles! ❖

La fiesta

❖ LA BUHARDILLA se llenó de gente y los primeros en llegar fueron los padres de Pepe, que vivían en el piso de abajo. La madre subió corriendo con una bandeja de cacahuates, de pastas, de bolsas de papas fritas, de palomitas y de almendras. Traía el abrigo de pieles, porque seguro que llegaban los de Teleconcurso, y la bolsa de cocodrilo. El padre, don Tancredo, subió botellas de coñac y Coca Cola. Llevaba el bastón de marfil, el abrigo de pelo de camello y los zapatos de piel de serpiente.

La tele llegó enseguida y todo el mundo empezó a beber y a comer papas fritas y peladillas y a tirar cosas al suelo y a quemar las alfombras con los puros de don Tancredo, pero todo salía estupendo.

—¿Quién ha sido el del número áureo? —preguntó un señor alto de la tele.

—¡Ha sido el abuelo! —exclamó, sin ocultar su orgullo, la madre de Pepe.

—¡Qué tontería! —dijo la abuela—. Ha sido Pepe.

—¿Y quién es Pepe? —preguntó el de la tele.

—Mi nieto.

Las cámaras enfocaron a Pepe, que estaba jugando con el gato y que se había puesto el abrigo de camello y el gato se lanzaba con uñas y dientes sobre él, como si fuera una hiena del desierto.

—¡Tu abrigo, Tancredo!

Don Tancredo fue por su abrigo y salió estupendamente en la tele, tirando del abrigo y sacudiendo al felino con el bastón de marfil. Fue maravilloso porque toda la ciudad vio el abrigo de don Tancredo y al gato y a doña Flora con el bolso de cocodrilo y los espectadores lo pasaron en grande.

Claro que no vieron decir a Pepe:

—Quien ha encontrado el número áureo ha sido la armadura.

Los de la tele ya habían sacado al abuelo y a la abuela y había salido un reportaje magnífico porque el abuelo se puso a contar lo de la cacería de jabalíes en su pueblo y que había sido maquinista de una máquina de carbón y nadie le hizo caso a Pepe, ni falta que le hacía.

La armadura siguió allí en el rincón de la entrada como si fuera un paragüero y nadie reparó en ella. Toda la fiesta la pasó llena de gabardinas y paraguas. De buena gana los hubiera mandado a volar. La gente descolgó de sus brazos los paraguas y las gabardinas al salir y hasta uno, que llevaba bebidas más de diez "cocas locas", le echó un cigarrillo encendido por la mirilla.

—Ésta es la momia del Cid —dijo.

—Pues toma, para que te acuerdes de mí.

La armadura levantó un pie y le dio una patada en el trasero. ❖

Los acordeones

❖ LA ABUELA barrió las pepitas, las colillas, las cáscaras de cacahuates, las envolturas y todo el mundo a la cama. Bueno, Pepe no. Pepe se fue a la cama y se vino. Miró el calendario y ¡plaf!: "día nueve, examen de Lite".

¡Don Epifanio! Apareció detrás de la mesa don Epifanio con las gafas redondas y la corbata de flores y a Pepe se le cortó la digestión. Pepe dio un salto de la cama y se puso a estudiar en la alfombra. Cogió el libro y lo abrió en el siglo de oro. ¡Jo! ¡El Siglo de Oro! ¡Todo el mundo escribiendo, hasta los porteros! ¿Y cómo aprender aquel rollo?

Al menos dónde habían nacido. Era fácil, fray Luis de León era de León, con eso podía aprobar. Pues no, era de León pero nació en Cuenca. Santa Teresa de Jesús, no era de Jesús, era de Ávila; San Juan de la Cruz, no era de la Cruz, era de Fontiveros; Lope de Vega no era de Vega, era de Madrid; Juan de Ávila no era de Ávila, era de Ciudad Real. ¡Maldita sea! ¡Todo estaba al revés! Francisco de Cisneros no era de Cisneros, era de Torrelaguna.

Pepe dio un puñetazo en la alfombra pero se golpeó con el borde de la mesa y dio un grito:

—¡Ay!

La armadura, que estaba durmiendo junto a él en el sofá, dio un saltó y cayó en el sillón como un astronauta.

—¿Qué pasa?

—Que tengo examen mañana.

—Pues estudia.

—No puedo. Es el Siglo de Oro y hay autores por montones.

La armadura pensó un ratito y dijo:

—Bueno, puedes decir algo aprovechando la pregunta.

—No entiendo.

—Mira, por ejemplo: el Arcipreste de Hita era un señor que era de Hita.

—Es que no era de Hita.

—Pues, ¿de dónde era? —preguntó estupefacta la armadura.

—De Alcalá de Henares.

—Es verdad. ¡Vaya lío! Tendrás que hacer acordeones para salir del paso. Está muy mal. Pero un día es un día.

La armadura se puso a cortar hojas en tiras y empezó la tarea. El reloj de cuco dio las dos y asomó la abuela.

—¿Qué pasa?

—Examen mañana, abuela. ¿Me puedes ayudar a hacer acordeones?

—¿Acordeones?

—Sí, abuela. Hacer acordeones es copiar la lección en tamaño reducido.

—¿Y no sería mejor estudiar?

—Sí, pero ya no me da tiempo.

La abuela movió la cabeza pero como quería mucho a Pepe se puso las gafas y se tendió en la alfombra a copiar. Al rato llegó el abuelo y se puso también a copiar. A las cinco estaba el Siglo de Oro terminado y los cuatro durmiendo en la alfombra. ❖

El cubo de la basura

❖ ¡TAN, TAN!, el cuco dio las ocho y nada. ¡Tan!, el cuco dio las nueve y nada. ¡Tan!, el cuco dio las diez y nada. ¡Tan!, el cuco dio las once y nada. ¡Tan!, el cuco dio las doce y Pepe dio un salto.

—¡Caramba, son las doce! ¡Mi examen!

¡Qué prisas! Mientras Pepe se lavaba, la armadura le ponía los zapatos, la abuela lo peinaba, el abuelo le enrollaba los acordeones con un hilo.

Pero todo era inútil. Eran las doce y a las doce había requeteacabado el examen. Pepe se sentó en el rellano de la escalera y lloró.

—¿Para qué tanto copiar? ¿Para qué tanto acordeón?

—Para algo servirán, hombre —lo consoló el abuelo.

Pepe se levantó, cogió los acordeones y los tiró a la basura. La abuela abrió la tapadera y, ¡pumba!, los guardó en el bolsillo.

—¿Para qué los quieres, abuela?

—Esto es como el pan, el trabajo no se tira. Esto es para aprender.

—¿Para aprender? ¿Y qué vas a aprender?

—Pues mira, gracias a tus acordeones sé que Calderón de la Canoa no era marinero ni calderero.

—¿Pues qué era?

—Dramaturgo.

—¡Qué bárbaro! ¿Y qué más sabes?

—Que Cervantes tenía bigote.

—Pues es verdad —dijo el abuelo —, y que era medio calvo.

A todo esto el cuco dio la una y la abuela dio un salto.

—¡Atiza, las habas!

—¿Qué pasa? ¿Se han quemado?

—No, que no las he puesto al fuego. Hoy no comemos.

—¿Que no? —exclamó la armadura—. Tengo aquí otro concurso en el restaurant chino "Chum King" y vamos a comer arroz con palillos.

—¿Arroz con palillos?

—Sí. Comeremos y celebraremos el concurso de ayer ganando este concurso y además comeremos gratis.

La abuela se quedó blanca. Con lo nerviosa que era ella y con el pulso que tenía el abuelo no iban a acertar un solo grano con un palillo.

—Pues comelán nidos de golondlina, que son liquísimos —exclamó la armadura.

La abuela dio cuatro saltitos de alegría, pues estaba harta de limpiar y se fueron los cuatro al restaurant chino de la calle Capuchinos.

En la puerta estaba Chum, el dueño, que al hacer una reverencia dio con la cabeza en el suelo y se hizo un chichón. Los cuatro agacharon la cabeza encantados de aquella reverencia. Al entrar salió otro chino e hizo otra reverencia. Los cuatro hicieron otra reverencia. ❖

Aloz con palillos

❖ AL LLEGAR a la mesa el *mâitre* hizo otra reverencia y los cuatro hicieron otra reverencia. Pasó el gato y les hizo una reverencia y la abuela se hartó y le mandó a paseo.

—Yo he venido a comer y no a hacer gimnasia —protestó.

Era aquél el día del "Aloz con palillos" y estaban las mesas llenas de gente, casi todos chinitos que comían granos a una velocidad impresionante.

—¿Quielen conculsal?

—Sí —dijo la armadura.

Daban un mantón de la China al que ganara y había que comerse toda la paella con unos palillos de dientes que había en un palillero de cristal.

—¡Una, dos y tres! —gritó Chum.

La abuela no daba una, el abuelo con su pulso picaba en el plato de aceitunas, Pepe se pinchó un dedo y tuvo que vendarse con la servilleta. La que sí iba de prisa era la armadura. Parecía una máquina de coser. Iban ya por la mitad pero cuatro chinos de Hong Kong, que había en la mesa de al lado, iban por delante.

—Van a ganar —dijo el abuelo.

—Pues yo no me quedo sin mantón —dijo la abuela.

Sacó del bolso una cuchara y empezó a echar al suelo cucharada tras cucharada. El gato estaba encantado y la fuente quedó medio vacía.

—No vale —dijo un chino.

Chum descalificó a la abuela y echó diez cazos más de arroz a la armadura.

—¡Blavo! —decía la gente.

Al final la armadura se puso a 150, a 200, a 400 por hora y ganó a los cuatro chinos por un grano y un trozo de escabeche.

Chum hizo una reverencia a la armadura y preguntó:

—¿Es usted de China?

—No. Soy de polcelanosa.

—¿Dónde cae eso?

—Al sul de Pekín.

—¿De qué dinastía?

—De la dinastía Ming.

Todos los comensales al oír esto hicieron una reverencia y la armadura hizo otra. Los otros hicieron otra hasta que la abuela cogió el bolso y dijo:

—Vamos, que nos dan las diez.

En la puerta la armadura pidió un taxi. Pero no apareció

ningún taxi, apareció un palanquín llevado por ocho hombres. Uno preguntó:

—¿Dónde van?

—A la calle Sombrerete.

—Suban.

Y el palanquín llegó a la calle Sombrerete en un periquete. Lo único que, al dar la vuelta a la esquina, venía otro palanquín y, ¡pumba!, todos al suelo.

Pepe se levantó de la alfombra, eran las ocho. Todo había sido un sueño. Aún podía llegar al cole y examinarse. Cogió los acordeones y salió corriendo pensando todavía en aquel dichoso restaurant. Si tuviera el palanquín. Pero como no tenía, echó a correr y llegó justo, justo cuando empezaba el examen con don Epifanio. ❖

El examen

❖ EL EXAMEN fue tremendo. Don Epifanio llegó con su horrible corbata de flores y sus anteojos redondos y se puso a mirar con lupa los pupitres como si tuvieran chinches. Luego apiló las mochilas en un rincón, como si fueran adoquines, y dejó sólo a cada alumno la mesa y el lápiz. Si veía una hoja o una falsilla se enfurecía.

Al final comenzó el examen. Don Epifanio corría velozmente por los pasillos, se volvía de repente, miraba por encima de los lentes, por debajo, de reojo. No había manera de copiar. Luego, cuando ya estaban los alumnos destrozados de los nervios, puso las preguntas:

—¿Dónde nació fray Luis de León?

Todo el mundo se equivocó y puso que en León. Don Epifanio miraba de reojo lo que escribían los alumnos y se moría de risa por dentro, aunque por fuera estaba más serio que un ocho. Pepe, todo nervioso, no podía sacar los acordeones. Sacó uno y se le atascó en las manos. De todas maneras se acordaba muy bien de todo.

—Nació en Cuenca.

—¿Qué era Calderón de la Barca?

—Marinero —escribieron todos.

—Dramaturgo —escribió Pepe.

—¿De dónde era don Luis de Góngora?

—De Góngora —pusieron todos.

—De Sevilla —escribió Pepe.

—¿Lope de Vega?

—De la Vega —contestaron unos.

—De la montaña —respondieron otros.

—De río —puso otro.

—De Madrid —escribió Pepe sin mirar el acordeón.

Don Epifanio ya no podía más. Todos los años pasaba lo mismo. Los alumnos caían como moscas con sus preguntitas envenenadas y lograba reprobar a casi toda la clase. Al final don Epifanio, para que nadie se escapara, inventó preguntas más enrevesadas.

—¿Qué autor del Siglo de Oro era cojo?

Todos se quedaron con la boca abierta mirando una mosca que había en el techo. Nadie tenía ni idea. Don Epifanio se frotó las manos.

—¡Quevedo! —se le escapó a Pepe emocionado porque se acordaba de todo sin mirar sus apuntes.

Todos bajaron la vista de la mosca y copiaron:

—Quevedo.

—¿Qué autor era manco?

—¡Caramba! si lo sé —susurró Pepe—: Cervantes.

—¿Qué autor tenía joroba?

—¡Alarcón! —se le escapó a Pepe.

Todos escribieron:

—Alarcón

Don Epifanio estaba que echaba humo. Veía que el examen se le escapaba. Todos al final contestaban bien. Alguien estaba copiando y soplándolo a toda la clase. Entonces don Epifanio buscó una pregunta dificilísima y la lanzó:

—¿Cuántos dientes tenía Cervantes?

Pepe se quedó helado. ¿Eran siete o eran seis? No se acordaba bien. Había que mirar el acordeón. Pepe intentó desenroscar el rollo de papel pero el tiempo pasaba.

—¿Siete? —susurró Pepe para hacer memoria.

Todo el mundo puso siete. Don Epifanio dio un salto como un tigre y atenazó el brazo de Pepe.

—Te pesqué. Trae ese acordeón.

Don Epifanio abrió el puño de Pepe y el papel cayó rodando por el suelo. Don Epifanio lo devoró como el león que ha cazado un cordero.

—¿Siete, eh? Míralo, siete. Pues debes saber que el propio Cervantes nos dice que eran seis. ¿Vas a saber tú más que él? Eres un borrico y encima confundiendo a tus compañeros.

Don Epifanio reprobó a Pepe y los demás aprobaron por un pelo.

—Es una injusticia, pero yo me la he buscado por hacer acordeones —pensó Pepe. ❖

La gimnasia

❖ LA COSA era que a la semana siguiente era el examen de gimnasia. Pepe tenía los pies planos y no daba una. Por eso tenía ya tres ceros, uno por no dar pie con bola en el trampolín, otro por no dar ni bola ni pie en las anillas y otro por la cuerda de nudos.

Así es que comenzó a prepararse para no hacer el ridículo. Por la tarde, mientras los abuelos y Gervasia veían la tele, se encerró en su habitación, colocó una silla en el centro y empezó a dar saltos sobre la pobre silla.

Al principio todo fue bien. Saltó quince veces con la silla tumbada y recibió muchísimos aplausos del público que llenaba el estadio. Enseguida Pepe, en vista del éxito, colocó el sillón de la sala en el centro de la habitación, tomó vuelo, saltó y se dio con la lámpara del techo y casi se rompe la cabeza.

Rápido llegó la abuela. El estadio estaba hecho un asco. La lámpara dando vueltas, el sillón patas arriba, las sillas por el suelo y Pepe en la cama con zapatos y todo y un chichón en la cabeza.

—¡Dios mío!, ¿con quién te has pegado?

—Estaba entrenándome.

—Pues vete al gimnasio del cole.

—Se ríen de mí. Tengo que prepararme en secreto.

Gervasia puso una moneda en el chichón de Pepe y lo animó para que no se desalentase por aquellos pequeños fracasos.

—Es que casi me mato, Gervasia.

—¡Qué va! Tú eres un valiente y mereces aprobar la gimnasia.

Pepe se miró filosóficamente los pies y pensó que jamás aprobaría con aquellos pies planos que parecían aplanadoras. Gervasia le dio unas palmaditas en la espalda y dijo:

—Vamos abajo, al Parque de los Sauces, yo te entrenaré.

El abuelo también quería bajar con ellos y la abuela lo regañó muchísimo.

—¿Dónde vas, si casi no te puedes mover?

—Quiero jugar a la rana —refunfuñó el abuelo.

—Tú no te puedes mover.

El abuelo se quedó muy triste. La armadura lo animó.

—Yo lo llevaré a cuestas, abuelo.

Gervasia llevó a cuestas al abuelo y bajó las escaleras. El portero veía visiones.

—¡Atiza, un extraterrestre se lleva al abuelo!

La armadura lo miró con ojos furibundos y el portero cayó fulminado en la silla.

—Sí, es un extraterrestre, pero cualquiera le dice nada. Me he quedado mudo.

La armadura bajó por la calle y los niños no se extrañaban demasiado.

—Seguro que es un anuncio —dijo una señora que llevaba un carrito.

—Ya no saben qué inventar para llamar la atención —dijo otra.

—Es una película de Frankenstein —dijo un niño—. ¡Mira nada más, qué risa!

La armadura siguió su camino tan tranquila y llegó al Parque de los Sauces, donde había un gran revuelo junto al kiosco de la música.

—Debe ser una huelga de músicos. ¡Vaya gritos! ❖

La copa del abuelo

❖ SE ACERCARON y había una gran pancarta colgada entre dos árboles que decía:

III CONCURSO DE LA RANA VERDE

Al abuelo no había quién lo sacara de allí y la armadura lo dejó en un banco junto a la pista de petanca y se fue con Pepe a entrenar entre los pinos.

—Luego vendremos, abuelo. Tú mira.

La armadura echó a correr y Pepe, para hacerle ver que era rápido, dio unas buenas zancadas, pasó el puesto de pepitas, el bolero, el macizo de la estatua y enfiló la alameda, que tenía sus buenos tres kilómetros.

La armadura, mientras tanto, estaba allá, muerta de risa, medio escacharrada, haciendo unas contorsiones como si le hubiera dado un calambre.

—¡Vamooooooos! —chilló Pepe de lejos.

Pepe dio marcha atrás. Un grupo de vagos rodeaba a la armadura y le tiraban piedritas y bolitas de chicle.

—¡Un robot, qué risa, se ha atascado!

Entonces llegó Pepe.

—¿Es tuyo ese robot?

—No es un robot.

—¿Pues qué es?

—Una armadura.

Un muchacho le dio una patada a la armadura y la armadura sonó ¡pa!

—¿Está hueca?

—Sí, está hueca —dijo Pepe un poco molesto.

A otro le pareció muy gracioso el asunto y le dio otra patada a la armadura. ¡Toma! Entonces a Pepe le pareció muy mal y dio una patada al chico. ¡Toma! Entonces el chico cogió una castaña que había en el suelo y se la tiró a Pepe. ¡Toma! Pepe cogió la castaña y, ¡toma!, se la tiró al muchacho.

Entonces fue cuando el jardinero, que era tío del chico, ¡toma!, enchufó la manguera y puso como una sopa a la armadura. Y entonces fue cuando la armadura se acercó al jardinero, ¡toma y toma!, le hizo dos nudos en la manguera y esperó a ver qué pasaba.

Y no pasó más que el jardinero, con la tembladera que tenía de ver a una armadura hacer nudos en una manguera, echó a correr y no quedó nadie para contarlo. La armadura abrazó a Pepe.

—Muy bien, Pepe, muy bien. Has venido a ayudarme y te lo

agradezco. Debemos siempre ser valientes, si no el mundo se llenará de cobardes.

La cosa es que con tanto jaleo Pepe no pudo entrenar aquella mañana y como se oían gritos donde el campeonato de ranas, Pepe y la armadura fueron a ver qué le pasaba al abuelo.

—Estará mareado y habrá que llevarlo a casa.

Pero el abuelo no estaba mareado. Acababa de meter diez discos en la boca de la rana y había ganado el campeonato del Parque de los Sauces y le habían dado una copa.

La armadura se remangó para llevar al abuelo a casa.

—No, no, iré andando, y si no fuera por los pulmones dichosos, los retaba a una carrerita.

Y el abuelo salió del parque apretando entre sus manos la copa del Concurso de la Rana Verde, alegre, alegre como si tuviera ocho años. ❖

Los dos Pepes

❖ AQUELLA mañana la abuela se encontró a Pepe subido al banco del baño lanzándose de cabeza a la tina, que además estaba vacía.

—¿Qué haces, muchacho? ¿Estás loco?

—El salto del trampolín, dan tres puntos en el examen por hacer tres maromas en el aire. ¡Allá voy!

La abuela llamó al abuelo y a Gervasia y entre los tres llevaron a Pepe a la cama, pues debía tener fiebre.

—Este muchacho va a terminar tonto con tanto examen —dijo el abuelo.

Nada más llevarlo a la cama, Pepe metió la cabeza bajo las sábanas y comenzó a mover las piernas como si corriera en bicicleta.

—Cuidado, que voy a doscientos por hora —gritaba como un loco.

Pepe tocaba el timbre del despertador para que la gente se apartara.

—Va a tener un accidente este crío —rió el abuelo.

Al final Pepe se resbaló porque estaba la carretera mojada, dio una pataleta y se cayó en la alfombra.

La abuela metió otra vez al chico en la cama y le dio un calmante. Al fin Pepe se durmió. La armadura estaba preocupada. Era día 29, fecha del examen de gimnasia.

—A este chico lo van a reprobar si no va al cole.

—¿Y qué vamos a hacer? Llamaré al dire —dijo la abuela.

—No —exclamó Gervasia—. Iré yo por él y me examinaré de gimnasia.

—¡Qué idiotez! Si tú pareces una lata de tomate.

La armadura sonrió.

—Abuela, ¿tiene usted la credencial de Pepe?

—Sí.

—¿Y la boleta?

—Sí.

—Pues tráigala.

—Como que es tonto don Crescencio. No te pareces en nada a Pepe. Si pareces una estufa.

La armadura se moría de risa.

—Déme los pantalones de Pepe.

La armadura se puso los pantalones del muchacho.

—Déme la camisa y los tenis y los calcetines y la mochila.

Los abuelos veían pajaritos volando.

—Ahora metan por la mirilla del casco las dos identificaciones de Pepe y verán.

Fue algo asombroso. La armadura fue empequeñeciéndose y su estatura se redujo a la de Pepe y en un abrir y cerrar de ojos aquel artefacto de hierro se había convertido en un Pepe hecho y derecho. La abuela corrió a destender la ropa de la cama. Su nieto estaba allí sudando como un pato. La abuela veía visiones. Había dos Pepes en casa, iguales, gemelos, y el Pepe armadura pedía el desayuno porque iba a salir pitando para el colegio. ❖

Historia de la armadura

❖ LA ABUELA le sirvió el chocolate que tenía en un cacillo.

—Está frío —protestó la armadura.

—Ya empezamos, Pepe, voy a calentarlo.

La abuela calentó el chocolate otra vez y se lo virtió en la taza.

—Está muy espeso —protestó la armadura.

—¿Otra vez? Todos los días igual, Pepe. Le pondré un poquito de agua.

La abuela le puso agua.

—Ahora está muy claro, abuela.

La abuela le dio en broma con el molinillo de chocolate en la cabeza como todos los días. El golpe hacía siempre reír a Pepe, porque era un golpe cariñoso y no le dolía, pero aquel día el golpe sonó a hueco: ¡plom!

Los abuelos se quedaron helados.

—¡Atiza, si está hueco!

—No olviden que yo no soy Pepe.

—¿Pues quién eres?

—Yo soy la armadura de un samurai japonés del siglo XVI que se llamaba Kakamuko.

—¿Pues no era china?

—No. Eso son cosas del autor.

—¿Un samurai?

—Sí, el samurai era un hombre valeroso, un caballero andante, que defendía siempre a su señor hasta la muerte.

—¡Qué bonito! ¿Era entonces una especie de escudero al servicio de un príncipe poderoso?

—Sí.

—¿Y quién era ese príncipe poderoso? ¿Te acuerdas?

—Era Yoshinori, un príncipe sencillo y bueno, que vivía apartado de la corte rodeado de libros en su castillo. Una tarde un correo llegó desde el palacio del emperador Takahuji.

—Ven —decía el emperador.

—No vayas —le aconsejó mi señor el samurai Kakamuko, que sabía que el emperador quería matar a Yoshinori en el camino.

—Sí iré —exclamó Yoshinori

—Pues si vas —dijo mi señor— toma mi armadura y tú dame la tuya. Yo moriré por ti. Es mi obligación de samurai. Con mi armadura te salvarás.

Y así fue. En el camino los asesinos mataron a mi señor el samurai Kakamuko.

La abuela apretaba los puños.

—¡Qué canallas!

La armadura echó unas lágrimas y siguió:

—Mi señor Kakamuko fue enterrado con todos los honores y el príncipe Yoshinori se quedó con su ilustre armadura como recuerdo, que soy yo.

El abuelo preguntó:

—¿Y cómo has llegado hasta aquí?

—La vida de un samurai es corta, la de su armadura puede durar siglos. El príncipe Yoshinori me colocó en un rincón de su biblioteca y allí estuve años junto a él. Allí, cuando nadie me veía, leía libros y libros y me hice sabia. Muchos años después murió el príncipe y su viuda me vendió a un mercader veneciano. Desde Japón llegué a Venecia en 1430 y allí estuve, en el palacio del duque, más de quinientos años y allí en Venecia cogí este reuma. Es un clima muy húmedo.

—¿Y cómo es que estás ahora en Madrid? —preguntó el abuelo.

—Un anticuario del Rastro me cambió por un cuadro de Tintoretto. Mi dueño ahora es el señor Ibrahim, mejor dicho, en este momento es Pepe, vuestro nieto, y como armadura de samurai tengo que dar mi vida por él y salvarlo de todo peligro. ❖

Supermán

❖ LA ABUELA, asombrada por la historia que contaba la armadura, preguntó:

—¿Y cómo sabes tantas cosas y cómo hablas tan bien y qué extraño poder y magia tienes para cambiar tu apariencia de armadura en la de una persona de carne y hueso?

—Yo guardo dentro de mí el espíritu de mi antiguo dueño el samurai Kakamuko. Los samurais eran una casta de guerreros llenos de valor, de justicia, de fidelidad. Cuando murió mi dueño yo lo sentí muchísimo, y el príncipe Yoshinori más, puesto que era su más fiel vasallo y había dado su vida por él.

Por ello, como el príncipe era mago, con sus conjuros y su gran sabiduría me dotó de vida y de facultades admirables. Gracias a ello, yo continúo los ideales que tenía mi antiguo dueño, el samurai, y sigo haciendo el bien en lo que puedo, unas veces como armadura y otras con la apariencia más inesperada.

Los abuelos estaban con la boca abierta y cuando la quisieron cerrar se dieron cuenta de que la armadura había abierto la puerta de la calle y bajaba las escaleras de cuatro en cuatro silbando una canción de Michael Jackson como lo hacía Pepe.

—¿No será Pepe? —exclamó la abuela.

Pero Pepe seguía roncando en la cama, mientras su doble cruzaba la calle y corría hacia el autobús. El autobús se iba. Pepe corrió hacia él gritando.

—¡Eh, espere!

Pero el conductor siguió su camino a toda velocidad. ¡Cómo corría Pepe! La gente se quedaba turulata y le aplaudía. El conductor apretó el acelerador y puso el autobús a ochenta. Pepe dio a la palanca y se puso a ochenta y cinco.

—¡Es asombroso! Ese muchacho es Supermán —decían los viajeros.

—Corre mucho pero no nos alcanzará —sonrió el conductor.

—Sí que lo hará —exclamó una señora.

—No lo hará —dijo el conductor.

—¿Qué se apuesta que sí?

—Mil pesetas.

Todos los viajeros hicieron apuestas y el conductor, al ver que llegaba Pepe a la puerta, cerró y apretó el acelerador a fondo.

—¡Setenta por hora! —gritaba la gente admirada.

El conductor aceleró más.

—¡Ochenta!

El conductor metió el pie a fondo.

—¡Ciento veinte!

Hasta que llegó el semáforo en rojo y el autobús tuvo que parar.

—¡Siga, por favor, que nos alcanza!

—¡Ni hablar!

Pepe cruzó por el paso de peatones y llegó primero al final de la línea.

—Me debes ciento veinticinco pesetas, muchacho —dijo el conductor.

—Pero si no he subido al autobús.

—No, pero me has hecho correr como un conejo y perder mil pesetas, majadero.

Pepe pagó las ciento veinticinco y entró en la escuela sudando la gota gorda. ❖

Carrera de fondo

❖ AL LLEGAR ya estaba el patio lleno de gimnastas que daban saltitos para entrar en calor. Don Crescencio puso a todos en la meta, dio una palmada y a correr. Era la prueba de fondo a ver quién resistía más. Todos salieron con mucha fuerza comiendo chicle y mirando a los árboles, charlando y riéndose y hasta contando chistes. Luego ya fueron cayendo como moscas.

—¿Ha caído ya Pepe?

Pepe era el primero que caía. Se cansaba enseguida, en la primera vuelta, donde estaba el establo, allí se paraba y se ponía a dar hierba a las vacas. ¡Claro, don Crescencio lo reprobaba! Había que resistir más, dar dos o tres vueltas. Pepe aquel día, ¡era raro!, no se paró en el establo. Siguió hasta la fábrica de alfalfa sintética, dobló y entró de nuevo en el patio del colegio y salió otra vez por la puerta del sur, junto a la vía del tren.

A los quince minutos ya habían caído la mitad. A los veinte sólo quedaban Lucas, Anselmo, Ignacio y...

—¡Atiza, Pepe! —exclamó don Crescencio, que estaba hablando con la señorita de latín, que era muy guapa.

—¿Quién es Pepe? —preguntó la señorita.

—El niño ese de los pies planos.

—Pues parece que tiene los pies torcidos —dijo la señorita—, porque corre como un gamo.

—Me huele a doping —refunfuñó don Crescencio.

—A mí me huele a flores —dijo Alicia, la profesora, mirando hacia la fuente del patio, llena de geranios.

El profesor sonrió pues estaba enamorado de la de latín, que era rubia y muy agraciada. A la vuelta siguiente ya sólo quedaban tres: Lucas, Anselmo y Pepe. A la otra únicamente quedaban dos: Lucas y Pepe, y a la siguiente ya sólo quedó uno. Se oyeron aplausos y más aplausos y apareció una nariz.

—¿Quién es? —preguntó don Crescencio.

—Pepe.

—¡Atiza!

—¿Por qué atiza? —exclamó la señorita Alicia.

—Porque ese chico es una calamidad.

La calamidad pasó por delante de don Crescencio, desapareció por la puerta de la estación y siguió su camino, saludó otra vez a las vacas, luego al dueño de la fábrica de alfalfa y asomó la nariz de nuevo por la puerta norte del patio.

—¡Para! —chilló don Crescencio.

—¿Cuánto le pones? —preguntó mimosa la señorita.

—Un cinco.

—¿Un cinco?

—Un cinco igual que a todos los demás —farfulló don Crescencio—. Estoy seguro que ha comido alguna cosa, alguna hierba rara de ésas de las vacas y por eso resiste. ❖

Salto de altura

❖ DON CRESCENCIO se acercó luego a la pista de salto de altura, colocó la barra horizontal a ochenta centímetros. Los alumnos saltaban también alegremente comiendo chicle y contándose más chistes.

Todos saltaron. Normalmente Pepe daba también el salto, se trababa con la barra ¡y al suelo! Esta vez no; saltó comiendo chicle y, ¡pac!, cayó elegantemente en el suelo sin caerse ni trompicarse.

—¡Es increíble! —murmuró don Crescencio.

Don Crescencio todo rabioso colocó la barra a un metro veinte y muchos cayeron como moscas. Saltó Pepe, ¡yuuuuup!, y cayó al otro lado como si nada. Don Crescencio se hartó y puso la barra a dos metros cincuenta centímetros.

—Eso es mucho —protestó Manolo, que era el que mejor saltaba de la clase, como que le llamaban el saltamontes.

Don Crescencio se sonrió lleno de orgullo.

—¡Vean si se puede saltar!

Don Crescencio tomó vuelo, dio un brinco y cayó de narices al

otro lado. La señorita de latín le prestó el pañuelo y don Crescencio con aquel perfume embriagador se sintió con nuevas fuerzas. Saltó de nuevo y se volvió a golpear la nariz.

—¡Que salte Pepe! —dijo la señorita de latín—. A lo mejor él...

Don Crescencio se moría de risa.

—¡No he podido yo, que soy campeón olímpico!

Pepe tomó velocidad, dobló las piernas, las estiró, subió un metro, metro diez, metro treinta, metro ochenta, dos metros y cayó limpiamente entre los aplausos de todos.

—¡Viva Pepe!

El director, que pasaba por allí, quedó maravillado y felicitó a don Crescencio.

—¡Es usted estupendo! ¡Lo que ha logrado usted con este chico!

Don Crescencio se puso coloradísimo, pues la señorita Alicia lo miraba embelesada.

—¿Qué le pongo? ¿Notable? —preguntó don Crescencio.

—No, póngale Sobresaliente —añadió el director.

—Mejor, Matrícula de Honor —sonrió la señorita Alicia.

Y don Crescencio puso a Pepe Matrícula en gimnasia. ❖

Pepe al cuadrado

❖ CUANDO la armadura llegó a casa Pepe se pegó un susto morrocotudo. ¡Rin! sonó la puerta, fue a abrir y se encontró con otro Pepe que lo abrazaba.

—¿Quién es usted? —preguntó Pepe.

—Soy Pepe.

—Pepe soy yo.

La armadura entonces empezó a reírse y a reírse y Pepe terminó riéndose sin saber por qué. Al final todo se aclaró. Había dos Pepes repetidos en casa y la abuela estaba contentísima de tener dos nietos.

Entonces llegó don Tancredo a traer unos pasteles y quedó maravillado al ver en la mesa dos Pepes iguales que comían a la vez.

—¿Qué ha pasado?

La abuela le explicó como pudo lo de la armadura y don Tancredo enseguida sacó una agenda y dijo:

—Es muy interesante, podíamos exponer esa armadura maravillosa en El Corte Inglés o en Galerías y saldríamos en la tele.

La abuela se enfadó mucho con su hijo Tancredo y se lamentó

de que no pensara más que en el dinero y de que no se preocupara de los problemas de Pepe y sólo soñara con la tele.

Don Tancredo entonces abrazó a Pepe y dijo:

—¡Oh, perdón, hijo mío! Tengo tantas preocupaciones, tantos negocios, que olvido lo más importante.

Lo peor era que don Tancredo se había confundido y había abrazado a la armadura y la armadura dijo:

—Don Tancredo, su hijo no soy yo.

—¿Pues quién es?

—Ése.

Se rieron muchísimo todos y más cuando llegó doña Flora y tuvo que sentarse en el sofá al ver a Pepe en la puerta y al mismo tiempo sentado en la mesa comiéndose un pastel de crema.

—¿Sabes que estoy perdiendo la vista?

—¿Por qué? —preguntó alarmada la abuela.

—Porque veo doble, mamá. Veo a Pepe repetido.

—Es que estoy repetido, mamá.

Doña Flora se sentó de nuevo en el sofá hasta que el abuelo aclaró las cosas y todo terminó con grandes risas y muchos abrazos. Otro momento de gran alboroto fue cuando el gato entró por la ventana de la carbonera, después de recorrer los tejados del contorno. Entró y fue derecho a la cocina. Allí vio a Pepe y se alegró muchísimo de verlo y más cuando le dio las sobras del rape que se acababa de comer. Levantó el rabo, se frotó cuatro veces el lomo con los calcetines de Pepe y se puso a comer las raspas y el caldo.

En esto entró la armadura a llamar a Pepe para ir a jugar al futbol al solar de enfrente y el gato oyó una voz un poco rara, y lo que es peor, vio junto al plato no dos piernas sino cuatro iguales, igualitas.

"¡Un caballo!", pensó, "¡qué tontería! Pepe tiene cuatro piernas."

Miró al techo y vio dos Pepes, sí, dos Pepes igualitos.

"Debo tener fiebre", concluyó.

"No, no tengo", lo pensó mejor.

Y lo peor fue cuando la armadura, sin querer, le pisó el rabo. El gato, sin querer, como les pasa a todos los gatos, lo arañó en la pierna y notó que era de hierro.

—¡Escapemos!

El gato dio un salto y salió bufando por la ventana. ❖

Futbol a dos

❖ ENTONCES bajaron los dos Pepes al solar, a jugar al futbol, y se puso cada uno en una portería. Enseguida hicieron dos equipos, uno en una portería y otro en otra. Ahora cada uno eran once, uno era el equipo de los blancos, que eran los de Pepe, ya que el Pepe de verdad era un poco rubiejo y Pepe el de la armadura era un poco más oscuro de piel, pues tenía bastante moho en la cara, después de oxidarse tantos siglos en la húmeda ciudad de Venecia. Chutaron los blancos y como los negros estaban distraídos poniendo la piedra derecha de la portería, pues fue gol.

—No vale.

—Sí vale.

Los dos Pepes se dieron de golpes hasta que pasó una señora con una cesta de huevos y la cesta fue al suelo.

—No deben pegarse, miren lo que han hecho.

Los dos Pepes pidieron perdón y la señora se quedó perpleja.

—¡Caramba! ¡Son igualitos! No deben pegarse los hermanos. Además, ¿son gemelos?

—Sí, señora.

—Tú, ¿cómo de llamas?

—Pepe.

—¿Y tú?

—Pepe.

—Sí, sí son gemelos. Pero ¡caramba!, ¿es que no hay otro nombre en el mundo? ¡Claro que se parecen tanto! ¿Cómo los reconoce la gente?

—Con un golpecito —dijo Pepe.

La señora dio unos golpecitos con los nudillos en la cabeza de Pepe y Pepe dijo:

—¡Ay!

Dio otros golpecitos en la cabeza de la armadura y la armadura sonó hueco: ¡cloc, cloc! La señora levantó la canasta de huevos medio rotos, miró a todos los lados y salió cuesta abajo corriendo a toda velocidad.

—¡Son astronautas! ¡Corre, corre, Josefa!

Y el partido siguió uno a cero. La armadura disparó un balón lleno de rabia; el balón, de la rabia que tenía, salió torcido y, en vez de dar en las narices de Pepe, que lo tenía merecido, dio en el cristal de la cocina de una señora, y el partido tuvo que suspenderse pues los jugadores abandonaron el campo a toda velocidad.

El partido se reanudó al ver que nadie protestaba.

—¡Qué suerte, no está doña Obdulia! Estará en Argentina —dijo Pepe—. Vamos a seguir.

Sonó el silbato y Pepe disparó también con rabia y dio a un chico que pasaba en una bicicleta.

—¡Eres un imbécil!

El partido se detuvo y los dos jugadores bajaron la cabeza avergonzados.

—Te voy a dar un golpe.

Pepe bajó más la cabeza y el ciclista se envalentonó más, le dio un golpe y le sacó sangre. El ciclista todo orgulloso se volvió y fue a recoger la bicicleta.

—Eso está mal —protestó la armadura.

—¿Quién eres tú?, ¿su hermano?

—Sí.

—Pues te voy a sacudir.

—Sacude fuerte.

El ciclista lo sacudió fuerte y casi se rompe la mano.

—¿Eres de hierro?

—No, de chocolate.

—¡Caramba, pues será chocolate de almendras, pues me he hecho polvo!

—Prueba otra vez.

—No. No me gusta el chocolate de almendras.

Y el ciclista montó en la bicicleta y salió pitando a todo lo que daba. ❖

Partido a cuatro

❖ EL PARTIDO siguió. La armadura metió veinte y Pepe rompió no sé cuántos geranios de no sé cuántas ventanas, pero no metió ninguno. Luego todo se complicó. Pasó un chico con una mochila, la dejó y pidió:

—¿Me dejan jugar?

Bueno, no dijo nada y se puso a jugar. A continuación pasó otro con una moto, paró la moto y se puso a jugar, después fueron diez o doce con otras doce motos que pasaban por allí, se dividieron en dos y se pusieron a jugar.

—¡Dale, Butragueño!

Butragueño era uno de unos treinta años que llevaba una chaqueta de cuero y casi se llevó por delante a Pepe que, cada vez que venía el balón, se escondía detrás de una tapia. El partido terminó 18-0 porque la armadura lo paraba todo y Pepe no paraba nada.

—Ha sido ese tonto. No ha parado una —dijo el de la chaqueta de cuero.

—Yo no sé parar —dijo Pepe.

—Pues vas a aprender. Nos hemos jugado la merienda y la hemos perdido.

Los del equipo de la armadura felicitaron a la armadura y les extrañó que tuviera aquella mano que parecía unas tenazas.

—¡Bravo, muchacho! Irás a la selección. ¿Cómo te llamas?

—Pepe.

—¿Pepe? ¿Igual que el otro portero, el torpe ese?

—Sí.

—La cosa es que te pareces a él.

—Es que es mi hermano.

—¿Te ríes de nosotros? ¿Dos hermanos que se llaman igual?

—Sí.

—Pues te vamos a sacudir.

—Pues sacudid.

El primero que sacudió fue uno de aquellos vagos que pesaba unos noventa y cinco kilos. Sacudió y se hizo polvo la mano. Lo peor fue que la armadura sonó: ¡poooooomg!

—¡Debe ser un antropoide, muchachos; porque ha hecho pooomg!

—¿A ver?

Otro dio una patada en la pierna a la armadura y otra vez sonó hueco: ¡poooooomg!

—Esto es como en las películas. ¡Tengan cuidado, es un alienígena!

—¿Y qué hacemos?

—Todos a la vez.

Todos lo rodearon, los jugadores blancos y los morenos.

—Agarren piedras y palos y contra él.

Pepe, en la otra portería, temblaba. Aquello iba en serio. Iban a darle duro a la armadura. La cosa se ponía fea.

—Tengo que hacer algo y ¿qué voy hacer? ❖

Los bidones

❖ PEPE se agazapó detrás de unos bidones, miró a todas partes y no vio nada.

—¡Si tuviera una pistola! ¡Qué imbécil! ¡Una pistola! Eso, en las películas siempre hay una pistola en un cajón. Pero aquí no hay ningún cajón.

Se metió la mano en los bolsillos por si encontraba algo y sólo encontró el pañuelo, un encendedor de gas y tres o cuatro petardos de ésos que vendían en el mercado.

—Ya está la pistola.

Ahuecó la voz y gritó.

—¡Alto, policía!

La voz se agrandó con el bidón de alquitrán vacío.

—¡Aaaaaltoooo, policíaaaa!

Los vagos levantaron las manos pero el más duro no hizo caso y lanzó una piedra a la armadura, la armadura agachó la cabeza y ésta dio en un cristal: ¡plang!

Los vecinos asomaron y se quedaron con la boca abierta. El vago cogió otra piedra.

—¡Quietoooo! —sonó la voz—. ¡Quieto o disparo!

El rufián se quedó quieto.

—¡Fuera de aquí!

Nadie se movió. Algo raro se notaba en aquella voz.

—¡Fuera de aquí!

Pepe encendió un cohete con el encendedor, lo arrojó a otro bidón y, ¡plom!, un disparo terrible hizo temblar los demás cristales del solar. Los vagos echaron a correr hacia las motocicletas, las pusieron en marcha a toda prisa y salieron disparados calle abajo. Aún el más rufián quiso volver y volvió. Algo extraño pensaba de aquella voz y de aquel disparo. Pero en cuanto volvió lo atenazaron unas manos de hierro. Era la armadura que lo sujetaba en el aire.

—¿No te vas, chaqueta de cuero?

—¡Socorrooooo!

La armadura lo metió en un bidón y lo echó a rodar cuesta abajo.

—Corre majadero, y no se te ocurra volver.

Y desde luego ya no se le ocurrió volver. La armadura abrazó a Pepe y lo felicitó por la feliz idea de los disparos.

—Has sido un valiente. Ya ves que con los pies planos has hecho correr a toda esa pandilla.

Y los dos volvieron a casa muertos de risa y comentando aquel partido memorable. ❖

Pepe y Paco

❖ CUANDO Pepe y la armadura llegaron a casa la abuela los regañó mucho:

—Esta tarde se escaparon juntos y ¿si mañana fueran también juntos al colegio?

—Sería estupendo —exclamó la armadura.

Pepe comenzó a dar saltos.

—Podría ayudarme en las clases. Como sabe tanto, me podría soplar y yo sería el primero.

Al día siguiente la abuela tomó su bolsa y se fue con sus dos nietos al colegio. Al llegar, Pepe se fue a clase y la abuela esperó con la armadura junto a una puerta de cristal donde estaban pintadas unas letras:

> DON SILVESTRE. DIRECTOR

Al rato llegó un señor muy alto, que no cabía por la puerta. La abuela asomó la nariz.

—¿Qué quiere? —preguntó el señor alto.

—Apuntar a este niño.

—¿Cómo se llama?

La abuela iba a decir Pepe Gómez pero lo pensó mejor y dijo:

—Paco Gómez.

—¡Qué casualidad!, tenemos aquí un Pepe Gómez y tiene la misma cara.

—Como que es el mismo —exclamó la abuela.

—¿El mismo? —preguntó sorprendido el director.

—Bueno, su hermano.

—¿Y por qué no lo han traído antes?

—Acaba de venir de muy lejos, lejísimos.

El director tocó un timbre y apareció el prefecto por la puerta.

—Este niño, a la clase de don Epifanio.

—Este niño ya ha entrado antes —exclamó el prefecto—. ¿Cómo está aquí? Este niño es Pepe Gómez.

El director movió la cabeza.

—No sea usted listo. Este niño es Paco Gómez y es hermano de Pepe Gómez.

—Pues yo diría que es Pepe, tiene la misma cara. Los dos son igualitos.

—Como que son gemelos. Usted calle y llévelo a la clase.

El prefecto se encogió de hombros y se calló. Por el pasillo iba rezongando:

—Este chico es Pepe, apuesto la cabeza.

Enseguida se arrepintió de haber apostado al girar el picaporte: Pepe estaba en el pupitre haciendo que escribía. ❖

El rectángulo áureo

❖ CUANDO la armadura entró por la puerta de la clase todo el mundo se quedó helado.

—Profe, ¡hay dos Pepes en la clase!

Don Epifanio, que estaba con un rollo de geometría en el pizarrón, miró para atrás y se quedó también turulato. Pepe estaba sentado en el último pupitre, como siempre, pero también estaba en la puerta.

El prefecto iba a abrir la boca cuando don Epifanio extendió los brazos y gritó:

—Quietos. Éste es un fenómeno que se da algunas veces. Es el desdoblamiento del cuerpo astral de Pepe.

—No, señor —exclamó el prefecto.

Pero don Epifanio lo hizo callar con otro gesto.

—La materia corporal de Pepe se ha dividido y...

—No, señor. Éste es Paco, hermano gemelo de Pepe. Viene de fuera, me lo ha dicho el director.

Don Epifanio agachó la cabeza y para disimular comenzó a

borrar como un loco todos los números del pizarrón. A todo esto Pepe y Paco ya estaban en el pupitre juntos y toda la clase los miraba.

—Son iguales.

—¡Qué divertido!

El profe quiso olvidar la extraña historia de Pepe y se metió con uno de sus problemas filosóficos. Así es que dio dos palmadas y gritó:

—Queridos alumnos, el otro día en la tele salió el famoso número áureo. No sé quién lo descubrió pero ese dorado número me ha traído a la cabeza otra cuestión muy bonita.

—¿Cuál? —gritaron todos.

—El rectángulo áureo.

—¡Ea! —chillaron todos.

El prefecto, que ya iba a salir, dejó la puerta abierta y se quedó escuchando.

—El rectángulo áureo es un polígono perfecto que los griegos encontraron después de muchos cálculos. ¡Ay, si ustedes lo supieran, pero ustedes son unos borriquitos!

Daniel rebuznó un poco y al final todos terminaron rebuznando. Pero don Epifanio no se enfadó. Y como no se enfadó todos se callaron.

—A todo el que sepa cuál es la fórmula del rectángulo áureo le prometo un viaje a las islas Girasoles, como en la tele.

Y el profe, después de decir esto, comenzó a reírse pues era

imposible saberlo. Paco, mientras, escribía en un papel unos garabatos y los pasó hacia la mesa de delante:

$$b \quad \boxed{} \quad \frac{a}{b} = \Phi$$
$$a$$

Galletas La Estudiosa

❖ EN UN MOMENTO el papelito había recorrido la clase y todo el mundo tenía delante de sus narices la fórmula.

—Ya lo sabemos —chilló Daniel.

Nadie creía que aquella tontería fuera la fórmula, pero siempre es bueno decir algo. Así es que cuando don Epifanio dijo, muerto de risa:

—Pues decidla.

Vociferaron los alumnos:

—A partido por B igual a FI.

A don Epifanio casi le da un infarto.

—¿Quién lo ha dicho?

—Todos a una como Fuenteovejuna —gritaron a coro.

Don Epifanio cayó en un estado de depresión tremendo. ¿Quién había sabido esto con lo difícil que era? ¿Cómo iban a ir todos a las islas Girasoles? ¿Quién pagaba el viaje? ¡Vaya lío! Así es que fue a ver al director y el director al oírlo movió la cabeza rotundamente.

—¡Ni hablar!

—¿Cómo ni hablar? —exclamó un señor que estaba en el despacho con unas cajas de galletas La Estudiosa rebozadas en chocolate.

—¿Qué dice usted? —preguntó asustado el director.

—Qué esos chicos merecen el viaje. ¡Son estupendos!

—¿Y quién lo paga?

—La Estudiosa

—¿Qué estudiosa?

—Las galletas La Estudiosa. ¿No le gustan?

El director, que llevaba un rato comiendo sin darse cuenta galleta tras galleta, exclamó sorprendido.

—Son estupendas.

—Pues más estupendo es lo que le digo.

—¿Qué me dice? —preguntó el director, comiéndose otra docena de galletas.

—Que mi fábrica paga el viaje.

—¿A todos?

—A todos. ¡Menudo propagandón! Lo anunciaremos en la tele.

—¡Es verdad!

—Y pondremos este eslogan:

APRENDE LA FÓRMULA FAMOSA CON
GALLETAS LA ESTUDIOSA

—Es usted increíble.

—E inventaremos un estuche rectangular con las medidas del rectángulo áureo.

—¡Es usted un genio!

—Como que me llamo Eugenio. ❖

El cuadro áureo

❖ LOS TRES rieron de buena gana aquella salida y con gran alegría se zamparon un par de cajas de galletas, que de verdad estaban estupendas. De pronto Eugenio, que estaba siempre imaginando cosas estupendas, se puso serio, bajó la voz y preguntó:

—Por cierto, querría poner en la tapa de las galletas un cuadro famoso.

—Pues póngalo.

—Un cuadro que haya sido construido según las dimensiones de la fórmula áurea.

—¡Claro!, sería fenomenal —exclamaron a dúo el director y don Epifanio—. ¡Qué buena idea!

Eugenio bajó aún más la voz.

—Y así pondría juntas en una esquina la fórmula áurea $a/b = \Phi$, y la fórmula de las galletas La Estudiosa.

—¡Es genial! —reconoció el director.

—¡Supergenial! —exclamó don Epifanio.

El director bajó aún más la voz.

—¿Y cuál es?

Don Eugenio bajó todavía más la voz, aunque era una tontería porque la fórmula venía en todas las cajas de las galletas:

—INGREDIENTES: Harinas (trigo, centeno, cebada y maíz), Azúcar, Grasas vegetales, Sólidos lácteos, Salvado de trigo, Glucosa, Miel, Gasificantes (bicarbonatos amónico y sódico), Sal, Acidulante (crémor tártaro), Almendras, Avellanas, Mandarinas, Lechugas, Zanahorias, Harina de pescado, Almejas, Carne de ternera, Aromas autorizados y Antioxidantes (E 1527 y 860), Pollo asado, etc.

—¡Caramba, parece el mercado de la Cebada! —exclamó entusiasmado el director.

Don Eugenio sonrió y dijo:

—Pues falta lo mejor.

—¿Aún hay más?

—Sí. El premio: tres días en las islas Girasoles.

—No me diga.

—Sí le digo. Esa idea me la acaban de dar ustedes:

ENCUENTRE EN ESPAÑA
UN CUADRO ÁUREO
Y TENDRÁ UN VIAJE EXTRAORDINARIO

—¡Fenomenal! ❖

Lluvia de premios

❖ —LO MALO es una cosa.

El director se puso blanco.

—¿Pero es que hay alguna cosa mala?

—Sí.

—¿Cuál?

—Que no conozco ninguno.

—Habrá que encontrarlo —exclamó don Epifanio.

—¿Y si miramos en el Espasa?

Don Epifanio, el director y don Eugenio leyeron todos los libros del Espasa y no lo encontraron.

—No importa —rió don Eugenio.

—¿Por qué?

—Si no hay cuadros no habrá premios y no me gastaré una peseta y la gente enviará códigos y códigos y nombres de cuadros y cuadros y se venderán muchas galletas y me haré millonario.

—¿Y si hay muchos cuadros?

—Pues habrá muchos premios. Habrá premios y premios

y viajes y viajes, y la gente entusiasmada comerá galletas mientras mira los paisajes.

Don Epifanio abrazó al dire y a don Eugenio y corrió a la clase a dar la buena nueva. Los gritos de los alumnos fueron terribles y llegaron a través de los pasillos.

—Ya se han enterado —dijo el director.

—La propaganda no falla —sonrió el de las galletas recogiendo su maletín.

Luego se oyó una confusa algarabía como de bisontes que se acercan en la pampa.

—Son ellos. Es maravilloso. Seguro que vienen por galletas...

No pudo terminar. Los alumnos abrazaron al director, al señor de las galletas y al final se abrazaron a las galletas y se las comieron.

—Lo esperamos en el aeropuerto de Barajas —gritaron todos.

Luego echaron a correr escaleras arriba.

—¿Dónde van?

—A la biblioteca. Vamos a ver si encontramos el misterio del cuadro áureo.

Otros corrían escaleras abajo.

—¿Dónde van?

—Vamos a la tienda a comprar más galletas.

—¿De qué marca?

—La Estudiosa.

—¡Es la mejor cosaaa! —gritó don Eugenio, recogiendo su maletín y corriendo alegre detrás de ellos. ❖

Otra vez la armadura

❖ EL PILOTO metió la llave de contacto y al motor no le dio la gana arrancar.

—¡Qué lata! —dijo el capitán.

—Ésa no es la llave —indicó la azafata.

El capitán sacó la llave y sonrió.

—Es la llave de mi maletín. ¡Qué distraído soy!

El piloto sacó otra llave, la puso en la cerradura, dio media vuelta y, ¡purrumm, purrumm!, el avión empezó a andar.

—Póngalo en punto muerto, que se va el avión.

El piloto lo puso en punto muerto.

—¿Están todos? —preguntó el capitán.

—Sí —gritaron los pasajeros.

—Falta Paco —dijo Pepe—. ¿Dónde se habrá metido?

En esto, por la puerta de embarque llegó corriendo una cosa rara con dos enormes maletas. Era un hombre forrado de hierro.

—¡Es una armadura! —gritó don Epifanio.

—¿Una armadura? Será un robot portamaletas —exclamó el director.

Todos los chicos miraban asombrados por las ventanillas y aplaudían. La armadura subió las escalerillas y llamó a la puerta: ¡pam, pam!

—¿Se puede?

—¿Tiene boleto?

—Sí.

La azafata abrió la puerta y la armadura entró en el avión.

—¿Qué asiento tiene?

—De no fumadores.

—¿Qué número?

—El 36.

La armadura se sentó junto a Pepe, que tenía el 35 y Pepe le dio un codazo.

—¿Qué ha pasado?

—Me cansé de hacer de Pepe II y me quité tu identificación. Tú ya no me necesitas.

Pepe tomó su credencial y se puso un poco triste de no tener un doble. Pero también le agradaba tener a su lado a la armadura con su ruidillo a hierro oxidado, su voz cavernosa y su fuerza irresistible.

Todo el mundo lo miraba: los turistas, los chinos, los chicos de la clase. Daniel, el gordo, estaba emocionado, pues le encantaban los robots porque su padre tenía una tienda de aparatos teledirigidos en la Gran Vía.

—¿Habla?

—Sí.

—¿Tiene células fotoeléctricas para ver a distancia?

—Sí —dijo la armadura—, y no molestes que voy a leer el periódico.

Daniel se quedó perplejo. Era estupendo.

—¿Qué patente es? Es perfecto. Será americano, ¿no?

—Soy japonés, y cállate o te doy un golpe. ❖

El atraco

❖ EN ESE momento se oyó la voz de la azafata.

—Señores, ya se pueden quitar el cinturón y no se muevan que traemos la comida. ¡Pónganse las servilletas!

El robot se puso la servilleta.

—Es estupendo. Debe tener un millón de chips, ¿verdad?

—Tengo los que me da la gana. Come y calla.

La azafata se acercó al asiento 36 y preguntó:

—¿Leche o café?

—Café con leche —respondió la armadura.

La azafata le echó en la taza el café y la armadura se puso roja como un carbón.

—¡Qué bonito, este cacharro se ha enamorado de mí! —murmuró la azafata.

En ese momento ocurrió algo terrible. Un chino que iba en el asiento 127 se levantó con una ametralladora y dijo:

—¡Que nadie se mueva. Es un secuestlo!

Los pasajeros se pusieron a gritar.

—¡Calma! —ordenó el chino—. ¡Todos al suelo!

—Yo no puedo —gritó la abuela—: tengo reuma.

—¡Al suelo!

—Yo tampoco puedo —protestó la armadura—. Estoy oxidada.

El chino estaba cada vez más rabioso. Entonces se levantó don Eugenio, el de las galletas, y empezó a reírse.

—¿De qué se líe? ¡Maldita sea! —aulló el oriental.

—De los que están bajo los bancos.

—¿Pol qué?

—Porque todo es una broma. Todo es pura propaganda. Están ustedes haciendo el oso, coman galletas Estudioso.

Y el fabricante empezó a tirar galletas y caramelos y todos se lanzaron a la rebatiña. ¡Qué risas! El abuelo tiró el tanque de oxígeno y se lanzó por un paquete de chocolatinas.

—¡Quietos! —volvió a ordenar.

Nadie hizo caso hasta que el chino apuntó al techo y las balas cosieron el avión de arriba abajo. Los viajeros se echaron al suelo aterrados. La cosa iba en serio. Todos estaban pegados a la alfombra. Todos menos la armadura.

—¡Al suelo!

—No me da la gana.

El chino disparó y puso como una coladera a la armadura.

—Toma balas —chilló furioso el chino.

La armadura tomó las balas como el que toma cerveza y agarrando al chino le ató los brazos con el kimono y le anudó las

agarrando al chino le ató los brazos con el kimono y le anudó las piernas con la coleta. ❖

La isla de los Girasoles

❖ LO MALO era que el avión se caía. Con tanto agujero se escapaba la compresión y perdía altura.

—¿Qué hacemos? —dijo el piloto.

—Tapar los agujeros.

—No tenemos parches.

Don Eugenio fue por su cartera y sacó unos paquetes de chicles y los repartió.

—Mastiquen los chicles y péguenlos en los agujeros.

El avión entonces tomó fuerzas, tantas fuerzas que llegó a las tres de la tarde a la isla de los Girasoles y empezó a dar vueltas.

—¿Por qué no aterriza? —preguntó la armadura al piloto.

—Porque no se puede.

—¿Por qué?

—No se puede hasta que se ponga el sol y llegue la luna. Estamos en la isla de los Girasoles.

Era verdad. Abajo se veían enormes extensiones de girasoles dando vueltas sus cabezas como molinillos.

—Es peligroso, ¿sabe usted? Mire las vacas. No se puede aterrizar hasta la noche.

Las vacas daban vueltas una y otra vez a sus cabezas como si fueran trompos y movían la cola como el que tira piedras con una honda. Giraban las veletas y las norias y los molinos daban vueltas y más vueltas sin poder parar.

A las ocho aterrizaron, aunque los nativos de estas preciosas islas atacaban al avión con flechas. Los salvajes giraban también alrededor del avión levantando sus escudos y sus lanzas.

—¿Qué pasa? —preguntó la armadura.

—Esta noche es luna llena —dijo el piloto.

—¿Y qué? —exclamó Pepe.

—Que es giraluna y en la giraluna se ponen muy pesados y se pasan girando durante la noche y tirando flechas envenenadas.

—¿Y qué hacemos?

—No tenemos armas. Si pudiéramos asustarlos, pero está prohibido traer pólvora en el avión.

—Yo tengo polvorones —exclamó el fabricante de galletas.

—Tráigalos a ver.

El fabricante sacó unas cajas de la bodega del avión y las destapó con unas tenazas.

—¡Pero ésas son botellas! —exclamó el piloto.

—Sí, pero ya verá qué trancazos.

Don Eugenio repartió media docena de botellas a cada pasajero y la azafata abrió la puerta.

—¡Disparen!

Los pasajeros destaparon las botellas de champán marca Estudiosán, y la que se armó.

¡Pam, pam, pam, champán!

Los nativos huyeron a botellazos. Todo acabó estupendamente porque los nativos recogieron las botellas, se bebieron el champán y empezaron a girar tan de prisa que se marearon.

Y al día siguiente y al otro y al otro hubo tres días de fiesta estupenda y al cuarto se fue el avión porque los viernes en aquellas islas maravillosas hay eclipse de sol y los aviones pueden escapar porque ya saben que sin sol nunca gira un girasol ni duerme un caracol. ❖

Epílogo

I

❖ AQUELLA mañana la armadura se limpió los zapatos, se peinó y dijo en el desayuno:

—¡Me voy!

Parecía que había caído una bomba en la buhardilla. La abuela no dijo nada, el abuelo menos y Pepe ya no pudo decir menos porque no abrió la boca. El que sí abrió la boca fue el gato que, como siempre andaba despistado, la armadura le pisó el rabo.

—¡Miau! —dijo, que quería decir: "Vete y podré dormir tranquilo."

Pero no. El gato también lloró muchísimo aunque los gatos no tienen lágrimas y lloran por dentro. La cosa es que todos sabían que el cuento se había acabado y que los cuentos terminan donde empiezan y empiezan por donde acaban.

Pepe había recorrido mucho camino en pocos días, desde aquella tarde en que entró en la tienda amarilla de la calle del Carnero.

Allí entró buscando el número áureo, y ese número extraño le había llevado veintiocho siglos atrás a una aldea donde un humilde samurai había dado la vida por su señor.

—¿Volverás? —murmuró la abuela.

La armadura contestó a duras penas con esa voz que parecía surgida de un pozo. ¡Bueno!, realmente no contestó nada.

II

Pepe empujó la puerta de cristal, sonó la pequeña campanilla y entró en la tienda. Todo seguía igual: los cuadros, los libros amarillentos, las figuras de bronce; entre los objetos había enormes telas de araña que los hacía más antiguos. Allí en el fondo asomó don Ibrahim, como una araña más esperando atrapar a algún cliente incauto.

—¿Qué quieres, muchacho?

El muchacho ni siquiera abrió los labios. Detrás venía la armadura despacio, despacio. Parecía que se le acababa la cuerda, que se acababa. Dio dos o tres pasos más, se dio la vuelta y se quedó muy quieta en el rincón de su vitrina.

> GERVASIA: **Armadura de samurai del siglo VIII a. C.**
> **Dinastía Kin**

Tam, tam, tam, un reloj, que estaba parado, dio las cinco.

—¿Qué hora es? —preguntó el viejo.

—Las cinco —se oyó la voz de la mujer.

El viejo sacó la llavecilla del chaleco y fue a dar cuerda a la armadura.

—¿Quieres que le dé cuerda?

Pepe movió la cabeza con una sonrisa.

—¡Cuánto me gustaría!, pero no. No es posible. Ese reloj está parado y el tiempo aquí no corre. Aquí se viene a soñar, aquí nunca pasa nada y pasa todo.

—Tienes razón, hijo. Todo lo has soñado, pero es tan hermoso que parece verdad.

—¡Como que es verdad! —exclamó Pepe—. Mañana cuando llegue al colegio, ¡sabré tantas cosas!

—Sabrás el número áureo —rió don Ibrahim.

—¡Toma, y el rectángulo de oro! —rezongó muy alegre doña Raquel.

—Y casi, casi, el enigma del cuadro de oro que todo Madrid anda buscando.

Pepe se frotó los ojos. No sabía si soñaba o todo era mentira o tal vez verdad. Allá en la pared del fondo aparecía un cuadro muy hermoso.

—¿Qué cuadro es ése?

Don Ibrahim se echó a reír. Se levantó y señaló con su dedo tembloroso un cartelito que estaba clavado bajo el marco:

Taza gigante volante, con anexo inexplicable de cinco metros de longitud (1932-1935)

—¿Quién lo hizo?
—Mira la firma —susurró doña Raquel.
Pepe vio en una esquina un garabato: Salvador Dalí
—¡Atiza, de lo que me he enterado! ¡El cuadro de oro!
Y salió corriendo de la tienda calle abajo en dirección de la fábrica de galletas. ❖

Índice

Esta obra se terminó de imprimir en el mes
de septiembre de 1994 en los talleres de
Marc Ediciones, S.A. de C.V. Calle
General Antonio León No. 305 Col. Juan
Escutia C.P. 09100 México, D.F.
Se tiraron 3000 ejemplares

Los encantadores de gusanos
de Nicholas Fisk
ilustraciones de Patricio Ortiz

El viernes a la una de la tarde, los encantadores de gusanos se presentaron en las tierras del señor Brasen. Estaban perfectamente preparados para ganar dinero.

—Es curioso —dijo **Crump**— pero no veo ningún hoyo de gusano. El señor Brasen dijo que los hoyos estaban arruinando el prado. Pero, ¿dónde están?

En efecto, era extraño que no hubiera hoyos de gusanos.

Era casi como si el señor Brasen les hubiera dicho un montón de mentiras. Pero entonces ¿Por qué tendría que preocuparse con todo aquel asunto de los gusanos y los hoyos de gusanos?

Nicholas Fisk vive en Hertfordshire, Inglaterra. Antes de convertirse en autor de tiempo completo fue actor en una compañía de Shakespeare, periodista, editor de libros, director creativo y publicista. Ha escrito más de cuarenta libros (la mayoría de los cuales son de ciencia ficción para niños) y varios guiones de tv.

para los que leen bien

El mago desinventor
de Marco Túlio Costa
ilustraciones de Ricardo Radosh

El mago desinventor estaba en la flor de la edad: poco más
de ochocientos años. Tenía ganas de viajar en un crucero
por la Vía Láctea. Pero antes quería hacer algo grandioso.
Algo de lo que todo el mundo se enterara. Un regalo para
los cinco mil millones de habitantes del planeta. Y de
repente tuvo la gran idea...

*Marco Túlio Costa nació y vive en Brasil. Ha recibido diversos
reconocimientos por sus libros para niños. Participó en el grupo que
fundó la revista Prototipo en Passos, Minas Gerais.*

para los que leen bien

Los amigos primero
de Christine McDonnell
ilustraciones de Vicent Marco

No quería arrancar las hojas de mi cuaderno, así que lo
envolví todo en un papel rojo brillante de Navidad que
encontré en el clóset del pasillo. Después de desayunar se lo
daría a Gus y le preguntaría si quería trabajar en el cuento
más tarde. Lo había extrañado, había extrañado estar
sentada en el asiento de la ventana con él. Había extrañado
su risa y sus largos tenis verdes apoyados sobre el borde
del cojín. Le diría: "Quieres trabajar en Atracción
extraterrestre conmigo?" Y él respondería: "Claro".
Cuando se ha sido amigo por tanto tiempo, como Gus y yo,
uno siempre sabe qué esperar.

*Christine McDonnell reside en los Estados Unidos. Es una autora
muy popular entre los jóvenes estadounidenses. En su obra está presente
el interés por los cambios propios de la adolescencia.*